e

ESQUISSE

DES EXPLOITS

DE

NAPOLÉON LE GRAND,

JUSQU'A LA BATAILLE D'EILAU;

PAR M. FOUQUOIRE,

Professeur de Belles-Lettres et de Mathématiques.

NOUVELLE EDITION.

Prix 50 centimes.

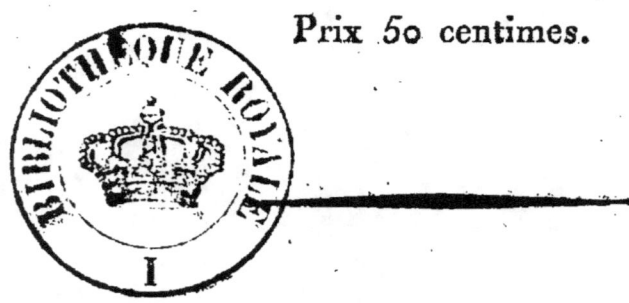

A PARIS,

DE L'IMPRIMERIE DE CELLOT.

1808.

Ce Poëme parut l'année dernière (avant la paix de Tilsitt), mais en très-petit nombre d'exemplaires, et le Public n'en eut point connaissance.

~~~~~~

ESQUISSE

DES EXPLOITS

DE

NAPOLÉON LE GRAND.

~~~~~~~~~~~~~~~~~~~~~~~~

Toi qui, pour préluder, déjà loin de la terre,
En maître commandais même aux cieux de se taire,
Et qui pour célébrer de vulgaires exploits,
De David imitais la prophétique voix;
Rousseau, que deviendrait ton sublime délire,
Et sur quel ton nouveau tu monterais ta lyre,
Si, tout à coup, sortant des champs élysiens,
Où Pindare et Sapho goûtent les entretiens,
Tu voyais de nos jours les superbes merveilles,
Qui peut-être aux enfers ont frappé tes oreilles?
Je te vois promener tes regards enchantés
Sur ces lieux renommés que ta muse a chantés.
« Quel spectacle imprévu présente ma patrie!
» Les Alpes ne sont plus, la fertile Italie
» A la France sa sœur donne en riant la main:
» O France, sous tes lois qui fit couler le Rhin?
» Quoi! le Batave altier te demande des Princes,
» Et le Piémont s'asseoit au rang de tes provinces!
» Quel bras puissant créa ces prodiges divers!
» Quel mortel ou quel dieu vint changer l'univers »!

Pourquoi n'as-tu paru dans ces temps de miracles ?
Divin Rousseau, ta bouche eût rendu des oracles :
Sur son char incliné, le Monarque des jours,
Pour recueillir tes sons, eût ralenti son cours,
Le tableau du bonheur de la race future,
D'espérance et de joie eût rempli la nature :
— Triomphante en son lit, la Seine eût écouté,
Et la Discorde même au front ensanglanté,
Suspendant un moment les malheurs de la terre,
Eût laissé reposer sa fureur sanguinaire.
Mais que vois-je ? ton ombre apparaît à mes yeux,
Ombre illustre, salut, quel désir curieux
De voir d'un âge d'or les touchantes prémices,
T'a fait prendre l'essor du séjour des délices ?
Tu voudrais voir de près ces objets inouïs,
Qui paraissent un songe à tes yeux éblouis.
Viens, je vais te montrer et l'homme et ses prodiges,
Et tu croiras errer au pays des prestiges.
Aux bords de la Prégel, vers les glaces du Nord,
Vois, parmi ces guerriers qui méprisent la mort,
Un Héros tout couvert de lauriers et de poudre,
Dont l'œil étincelant semble lancer la foudre.
Au milieu des fracas, des orages brûlans
Dont l'Europe trembla jusqu'en ses fondemens,
La nature enfanta ce brillant météore
Qui frappa tous les yeux, même dès son aurore.
Quand aux champs de l'honneur parut ce nouveau Mars,
La fortune perdit l'empire des hasards,
Et détrônant bientôt cette reine du monde,
Sur son trône il assit son étoile féconde,
Dont l'heureuse influence anime nos climats,
Et préside à nos arts, à la paix, aux combats.
Son éclat radieux a fait pâlir la gloire

Des Héros qu'ont vantés et la fable et l'histoire.
Tels on voit de la nuit s'éclipser les flambeaux,
Quand leur roi fait jaillir ses feux du sein des eaux.
Toi, berceau de sa gloire, ô superbe Italie ;
O rivages du Pô, plaines de Lombardie,
Parlez, et vous surtout, champs de Millésimo,
Arcoles et Lodi, Mantoue et Marengo ;
Marengo, sol fécond en souvenirs célèbres ;
Jour fatal qui couvrit l'Autriche de ténèbres,
Quel pinceau doit te peindre à la postérité !
On a vu quelquefois, d'un vol précipité,
L'aigle plonger, saisir la colombe timide,
Qui s'ébat, mais en vain, sous sa serre intrépide ;
Tel des Alpes soudain sur Mélas éperdu,
BONAPARTE s'élance et Mélas est rendu.
Ce chef enveloppé dans un filet immense,
Aux prix de cent cités paya sa délivrance :
Il vit ses légions, ô honte ! ô déshonneur !
Passer, les yeux baissés, sous les yeux du vainqueur,
Qu'on eût pris au respect qui suivait sa présence,
Pour le père de ceux qu'a sauvés sa clémence.
Rousseau, jette les yeux sur de nouveaux climats,
Et reconnois encor la trace de ses pas.
Tu vois ces bords fleuris, qu'un fleuve heureux féconde,
Séparés de nos bords par une mer profonde,
Que jadis la sagesse a choisis pour berceau,
Aujourd'hui transformés en un vaste tombeau,
Qui de la barbarie accuse les ravages,
Et déroule à nos yeux le grand livre des âges :
Sur ce noble théâtre ouvert à la valeur,
Le Ciel de mon héros signala le bonheur.
C'est de Toulon que part l'escadre triomphante,
Et devant elle au loin a volé l'épouvante.

Je crois entendre encor cet essaim de guerriers ;
Ivres d'enthousiasme, affamés de lauriers ,
Fendant avec transport l'Empire de Neptune ,
Orgueilleux de porter leur chef et sa fortune :
Leurs cris victorieux , qui remplissent les airs ,
Ont fait bondir d'effroi tous les monstres des mers.
Il me semble les voir , suivant les pas d'Alcide ,
Argonautes nouveaux, partir pour la Colchide.
Impatiens soldats , déjà Malte est à vous ;
Malte , où des Musulmans et des flots en courroux
Vint toujours se briser l'impuissante menace ;
Le phare de l'Egypte éclaire votre audace.
Sous un autre Alexandre , aventuriers hardis ,
Vous entrez dans ces murs qu'Alexandre a bâtis :
La foudre au Bey surpris en porte la nouvelle ;
La terreur a glacé son Mamelouk fidèle.
Tel on vit autrefois Montézuma tremblant ,
A l'aspect imprévu du courageux Fernand,
Lorsqu'il vit dans ses mains s'allumer le tonnerre ,
Et le crut par les cieux envoyé sur la terre :
Et tel au même instant, des enfans du soleil ,
A l'aspect de Pizar, fut l'horrible réveil ;
Ou plutôt telle encor la superbe Tamise
Par un autre bâtard soudain se vit surprise.
Nos escadrons joyeux, du Nil couvrent les bords ,
Et le fleuve charmé sourit à leurs transports.
Leurs cris ont salué l'antique pyramide
Qui semble saluer leur courage intrépide :
Pour eux ces lieux sont pleins de souvenirs chéris ,
De Thèbes , de Memphis ils foulent les débris ,
Du vaillant Sésostris interrogent la trace ;
Ces rêves généreux centuplent leur audace.
Mais comment raconter mille combats divers ?

Comment puis-je les suivre au milieu des déserts,
Des Arabes pressant la fuite vagabonde,
Vive image du flux et du reflux de l'onde ?
Qui peindra votre vol, Français, qui traversez
Un aride océan de sables embrasés,
Respirant au lieu d'air des flammes dévorantes,
Sans pouvoir rafraîchir vos entrailles brûlantes ?
Le Héros poursuivait le cours de ses succès,
Et méditait encor de plus vastes projets.
Tout à coup apparut à son âme attendrie
Le fantôme sanglant de sa triste Patrie,
Qui lui parle en ces mots : « O mon cher Fils, tu vois
» Celle que ta valeur défendit tant de fois :
» Que mon sort est changé, depuis que ton courage,
» Malgré moi, t'emporta sur un autre rivage !
» La victoire jadis, si fidèle à ma voix,
» M'a trahi, j'ai perdu le fruit de tes exploits.
» Où sont ces défenseurs, ces légions nombreuses,
» Mes héros d'Italie ?.... O douleurs plus affreuses !
» Par mes propres enfans mon flanc est déchiré,
» Et de mes protecteurs le bras mal assuré
» Entre mille partis soutient mal la balance,
» Et ne peut désormais prendre seul ma défense.
» J'invoque ton appui ; viens, vole à mon secours,
» De mes calamités viens arrêter le cours :
» Des barbares du Nord l'impétueuse horde
» Sur moi, comme un torrent, à l'instant se déborde :
» C'est à toi, mon vengeur, de repousser ces flots,
» Je te remets le soin de guérir tous mes maux.
» Il faut que, par tes mains, la paix me soit rendue »
Elle dit, et soudain disparaît à sa vue.
Le Héros veut parler ; mais il reste sans voix ;
Mille pensers d'abord l'accablent à la fois.

Il se résout, confie à Kléber son armée,
Et revient se montrer à la France charmée.
Quand une tendre mère, après de longs ennuis,
Après dix ans d'exil, voit son unique fils,
A quels doux sentimens son cœur se livre en proie !
Telle et plus vive encore, ô France, fut ta joie,
En voyant, du Héros, vainqueur des Musulmans,
Arriver dans nos ports les pavillons flottans.
Il paraît : tout à coup la discorde sanglante,
La fureur des partis, la licence insolente
Ont purgé notre sol de leur horrible aspect ;
La majesté des lois commanda le respect.
Ce que mille Solons, et mille esprits illustres,
Dans leur sénat bruyant, n'ont pu faire en deux lustres,
Deux automnes l'ont vu commencer et finir.
O merveille étonnante aux siècles à venir !
Par un héros fameux, à la fleur de son âge,
Et qui dans sa grandeur ne voit que son ouvrage,
De nos troubles civils les fougueux ouragans
Ont fait place aux beaux jours d'un paisible printemps ;
Et la sédition, vautour de la Patrie,
Vient déposer le glaive, et cède à son génie.
Par nos vœux tour à tour il réunit en soi
Les titres de Consul, d'Empereur et de Roi :
Bientôt il nous donna, législateur suprême,
Un grand code inspiré par la sagesse même,
Des cultes consacra l'entière liberté,
Répara des autels l'antique majesté,
Jeta les fondemens du bonheur politique
Sur l'amour des sujets, et le code organique,
Ce tronc majestueux d'où découlent nos lois,
Garant des droits du Peuple, et du pouvoir des Rois ;
Enfin la liberté, qu'il enta sur le trône,

En doit être à jamais la plus ferme colonne.
Les peuples égarés, honteux de leurs excès,
De la licence impie abhorrent les forfaits,
Du sceptre paternel bénissent la puissance,
Et d'un culte pieux la divine influence ;
Des sages préjugés séparant les erreurs,
L'arme du ridicule épargne enfin les mœurs ;
Le savant, revenu d'une longue manie,
Sait au bonheur public asservir son génie :
Nouvel Atlas du trône, on le voit soulever,
Cette arche de salut qui vient de le sauver.
L'athéisme pervers, dont les tristes maximes
Confondaient tous les droits, enfantaient tous les crimes,
A la puissante voix du prince des héros,
S'est enfin replongé dans la nuit du chaos,
Et la Religion, notre mère commune,
Vient encore essuyer les pleurs de l'infortune :
Ces hospices sacrés, asiles du malheur,
Qu'avait long-temps fermés une barbare erreur,
Où l'humble piété d'innocentes Vestales,
Soulageait la douleur de ses mains virginales,
Sont rouverts ; et bientôt l'auguste charité,
Sous un toit nourrira l'errante pauvreté ;
Et l'on ne verra plus la vertu rougissante,
Au luxe effronté tendre une main suppliante,
Ni du vice indolent la honteuse impudeur,
Du pauvre industrieux mendier la sueur.
Du cabinet obscur fuyant l'ombre stérile,
L'actif NAPOLÉON vole de ville en ville ;
Places, hôpitaux, ports, arsenaux, magasins,
Rien ne trompe ses yeux, rien n'échappe à ses soins,
Des plus profonds détails sondant le labyrinthe,
Il poursuit la rapine, il écoute la plainte,

Interroge à la fois artisans et soldats ;
Commerçans , laboureurs , savans et magistrats ,
Et chacun de son art croit entendre l'oracle ;
Son règne créateur paraît un long miracle.
Ses sages volontés sont les lois du destin ,
Et le globe se plaît à rouler sous sa main ;
Du souverain des dieux il a l'œil et l'oreille ,
Et son âme de feu qui jamais ne sommeille ,
Du monde sans effort enfante l'avenir ,
Le même instant le voit commencer et finir.
Il fuit, comme un éclair, du couchant à l'aurore ;
Notre œil le suit , le perd , notre œil le voit encore.
Affreux glaciers du nord , fournaises du midi ,
Armez-vous tour à tour contre son vol hardi ,
Ni sous d'épais glaçons la terre ensevelie ,
Ni des airs embrasés l'homicide incendie ,
Ne suspendent sa course ; il brave les climats,
Il parle ; et l'Océan est hérissé de mâts ;
Mille écoles soudain naissent pour le génie.
Quel essaim glorieux des enfans d'Uranie !
Que d'honneurs à la fois couronnent le compas !
L'art d'Euclide en un jour fait un immense pas.
De savans en tous lieux croissent les pépinières ;
L'enfant reçoit le prix du service des pères ;
Déjà son jeune cœur palpite du désir
De servir un bon Roi jusqu'au dernier soupir ;
Le mérite naissant qu'étouffe l'indigence ,
A l'ombre de ses soins , perce , croît et s'élance.
Du vandalisme affreux il efface les pas ;
L'œil étonné les cherche et ne les trouve pas ;
De l'empire des arts bannissant l'anarchie ,
Il en mettra le sceptre aux mains d'un beau génie ,
Qui sur le mont sacré dispensateur des rangs ,

Sera pour nous le dieu du goût et des talens.

Rousseau, dans ces travaux si dignes de tes-rimes,
Des loisirs d'un Héros tu vois les jeux sublimes :
Sur des monts aplanis il ouvre des chemins ;
De superbes canaux sont creusés par ses mains ;
Tous les arts à l'envi se disputent la gloire
D'inscrire son grand nom au temple de Mémoire,
Par cent beaux monumens, cent chefs-d'œuvre divers,
Qui peuplent la cité, reine de l'univers,
Et nos derniers neveux, sur ses derniers décombres,
De l'éclat d'un grand Roi liront encor les ombres.
Mais que dis-je ? ô Paris, sans sortir de ton sein,
On peut contempler Rome et Venise et Berlin.
Les muses d'un Héros sont les nobles trophées ;
A son char de victoire il enchaîne ces fées,
Et l'on vit en triomphe arriver dans Paris
Et l'aimable vainqueur et les captifs chéris ;
Les arts, les cœurs, la paix sont ses nobles conquêtes.
O Paix, d'olive en vain tu couronnas nos têtes :
De la patrie en vain consolant la douleur,
Tu promis à ses vœux la joie et le bonheur.
Quel démon infernal a soufflé sur la terre
La haine de tes dons et la soif de la guerre ?
O France, qui conspire à troubler ton repos ?
Albion, Albion, artisan de nos maux,
Ta politique atroce a rallumé la foudre
Qui doit te terrasser et te réduire en poudre.
A Neptune affranchi tu rendras son trident,
Ton règne va finir.... crains un revers sanglant.
Déjà, pour châtier ta superbe insolence,
Mille vaisseaux volaient, chargés de la vengeance,
Lorsque, pour conjurer cet orage soudain,
Ta frayeur dans le nord fit sonner le tocsin.

Au mépris des traités, ô comble d'infamie !
Par un parjure on voit la Bavière envahie ;
Le Rhin est menacé : l'horrible trahison
Nous attendait captifs sur un autre horizon,
Comptant, dans son ivresse et sa folle espérance,
Dans un perfide calme envelopper la France :
D'un vertige fatal notre ennemi frappé,
Fut dans ses vains complots honteusement trompé,
O soldats généreux, vous frémîtes de rage,
Quand il fallut quitter l'aspect de ce rivage
Que dévorait déjà votre œil impatient ;
De venger vos regrets vous fîtes le serment.
En vain Vienne au secours appelle les Tartares,
Austerlitz fume encor du sang de ces barbares :
O mémorable jour, des Césars alliés,
Ta lumière éclaira les fronts humiliés,
Et les tristes débris de deux grandes armées :
Le vainqueur arrêta ses troupes enflammées ;
Son grand cœur fut flatté de sauver le vaincu.
Il crut, ô noble erreur ! il crut à la vertu,
Et laissa fuir en paix cette horde sauvage,
Qui de nouveau devait insulter son courage.
Sur ce théâtre affreux, témoin de son malheur,
François s'offre lui-même aux mains de son vainqueur,
Qui lui parle sans fiel, s'attendrit, lui pardonne,
Et généreux lui rend la moitié de son trône.
La paix revient, tout rit, et notre loyauté
Repose entre les bras de la sécurité.
Mais le Monarque, assis au timon des affaires,
Veut couper d'un seul coup la racine des guerres :
Des Potentats germains il dissout le faisceau,
Et de cette union brise l'antique anneau.
Tous ces membres épars, unis sous sa tutelle,

Brûlent de déployer une vigueur nouvelle ;
Ses bienfaits sont leur chaîne, et le titre de Roi
Devient et le garant et le prix de leur foi.
Cependant, de l'Europe ennemie éternelle,
La Bretagne corrompt notre allié fidèle :
Ombre de Frédéric, tu frémis de courroux
De voir ton héritier s'élever contre nous,
Tomber dans les filets de l'insulaire intrigue,
Trafiquer de sa gloire, et se vendre à la ligue.
Le grand NAPOLÉON, sensible à la pitié,
Rappelle en vain les droits d'un siècle d'amitié ;
Au monarque aveuglé montre l'horrible piége.
Où l'entraîne et le perd un fatal sacrilége.
La Prusse est sourde aux cris de son propre intérêt :
NAPOLÉON se tait, gémit, s'arme à regret.
Comme on voit en été de soudaines tempêtes,
Naître, grossir, monter et fondre sur nos têtes,
Tel de nos légions le torrent orageux,
S'enfle et se précipite : Iena trop fameux,
Tes champs sont engraissés d'immenses funérailles,
Dont même a soupiré le fier Dieu des batailles ;
Vingt-cinq mille captifs et cent bouches d'airain,
De nombreux étendards, un immense butin,
De ce jour glorieux sont le riche trophée,
Et dans son propre sang la Prusse est étouffée ;
Elle perd en un jour ce qu'un sage Héros
Naguère lui conquit en vingt ans de travaux.
Des vaincus notre armée enfonce les cohortes :
Tout fuit, Leipsick est pris, Berlin ouvre ses portes ;
D'immenses arsenaux, de vastes magasins,
Et d'antiques trésors sont tombés en nos mains.
Mais de quel saint respect ton âme fut frappée,
Héros, quand d'un Héros tu reconnus l'épée !

Quelle âme sympathique unit les demi-dieux !
La tombe du grand homme a reçu tes adieux.
Rousseau, faut-il encor, que ma muse raconte
Du Monarque sans trône et la fuite et la honte ;
Ses phalanges sans chef errantes au hasard,
Le superbe Brunswick mourant sur un brancard ;
Lubeck des fugitifs et l'asile et la tombe ;
Et comment chaque fort en notre pouvoir tombe ;
Le parjure Hessois du trône descendu ;
Un grand peuple en deux mois à nos armés rendu ?
Mais je laisse aux mortels que ton génie inspire,
Je laisse aux héritiers de ta savante lyre,
Le soin de consacrer ces grands et fameux faits ;
Un profane, des Dieux doit-il peindre les traits ?
Sarmate généreux, la prompte renommée
Te porte les exploits de l'invincible armée :
N'entends-tu pas déjà le tonnerre vengeur ?
Ne tremble point ; pour toi c'est Jupiter sauveur ;
Il vient exterminer l'hydre qui te dévore,
Sa bouche te dira : « Sois Polonais encore,
» Mais lève-toi, d'un fer je vais armer tes mains :
» Par un sublime effort seconde tes destins,
» Apprends à mériter ta propre indépendance ,
» Et qu'en toi l'oppresseur respecte une puissance ».
Partout des opprimés le murmure secret
Eclate : ô liberté, ton séduisant attrait
Allume en tous les cœurs un transport plein de charmes,
Un Roi libérateur en toi trouve ses armes ;
Des peuples rehaussant la superbe fierté,
Tu rehausses des Rois la sainte majesté.
A ta voix, des tyrans redoutable tonnerre ,
Un peuple de héros sort du sein de la terre ;
Mais, ainsi que Saturne, en tes excès sanglans ,

Ton aveugle fureur dévore tes enfans.
O liberté, ta voix retentit jusqu'au pole,
Vers le vainqueur je vois le Sarmate qui vole.
Alexandre frémit, et son trône ébranlé,
Au bruit de notre airain trois fois a chancelé;
Le colosse effrayant de qui la tyrannie,
Foule d'un pied l'Europe et de l'autre l'Asie,
S'effraie; il voit encor ces trop funestes lieux
Où ses propres soldats ont fui devant ses yeux.
A son Empire il donne un long signal d'alarmes,
Son Empire debout marche hérissé d'armes.
A sa voix despotique on voit amoncelés
Ces barbares surpris de se voir rassemblés :
Le nord vomit ces flots de peuplades sauvages,
Dont Attila jadis inonda nos rivages.
L'air au loin retentit de hurlemens affreux;
L'écho rugit au fond des déserts caverneux;
L'impitoyable knout fait seul leur discipline.
Ils marchent; devant eux s'avancent la rapine,
Le meurtre, l'incendie, et leur lâche fureur
Est de leurs alliés la honte et la terreur;
Mon Héros, du soldat pour épargner la vie,
Evite de braver la rude Tartarie;
De la victoire avide il arrête le cours,
Attendant que l'hiver ait fait place aux beaux jours.
Du lion qui repose irritant le courage,
Le Russe autour de lui rôde et mugit de rage.
Il se lève terrible; Eilau, ton sol sanglant
De son repos troublé montre le châtiment.
Dix milliers de Kalmouks ont mordu la poussière,
Et le reste, en fuyant, fuit sa défaite entière ;
De ses propres succès le vainqueur a gémi,
Et le brave qui meurt n'est plus son ennemi;

Lui-même du combat fait panser la victime ;
On le voit, ô spectacle et touchant et sublime !
Sur le champ de la mort, Esculape vainqueur,
Par un mot, du vaincu désarmant la douleur ;
Relevant les débris de l'horrible mêlée :
La nature le vit, elle fut consolée.
Sur ce tableau sanglant l'humanité sourit ;
Et l'on croit voir un Dieu qui frappe et qui guérit.
Toi, Français, dont le sang a couronné la gloire,
Tu meurs en contemplant ton père et ta victoire ;
Et ton dernier soupir s'envole sans regrets.
Mais le vainqueur se livre à de nouveaux apprêts :
Eh ! qui l'a vu jamais languir dans l'inertie ?
Actif dans les combats, son loisir négocie ;
Sa voix va réveiller le Sultan endormi,
Et signale à ses yeux son superbe ennemi.
« Quoi ! Selim, sans pâlir, ton oisive mollesse
» Voit le Russe insolent pénétrer vers la Grèce,
» Agiter le sérail, soulever les Pachas,
» Son éternelle faim dévorer tes états !
» Il est temps de venger ta longue ignominie ;
» Secoue enfin tes fers, sors de ta léthargie ;
» Tes peuples subjugués, tes vaisseaux insultés ;
» Des ordres absolus dans ton palais dictés,
» Sont encor impunis ! vois la tiare grecque
» Envahir le Bosphore et dépouiller la Mecque,
» L'Islamisme détruit, ses autels abattus,
» Et toi-même fuyant d'un trône qui n'est plus.
» Ton empire déjà chancelle de vieillesse,
» Si par un coup hardi ta main ne le redresse ».
Le Turc ouvre les yeux, et frémit du danger :
Sous l'auguste Croissant on vole se ranger ;
De venger l'alcoran la jeunesse brûlante

Aux confins menacés s'élance impatiente.

Où suis-je transporté ? m'inspires-tu, Rousseau ?

D'un superbe avenir je vois fuir le rideau.

O charme de mes yeux ! ô ravissans spectacles !

Devant moi se déroule un siècle de miracles :

Sur un nuage d'or, dans un char lumineux,

J'aperçois de la paix descendre l'ange heureux ;

De ton sein, ô nature ! il bannit les alarmes ;

Son œil pleure de joie, en essuyant tes larmes.

Devant son tribunal, le triple Potentat

S'avance ; environné d'un immortel éclat,

NAPOLÉON reçoit la céleste auréole,

Dans l'ombre près de lui le Monarque du pôle,

Couvre, ô grand Frédéric, ton infortuné fils,

Et d'un septre brisé lui promet les débris.

Le messager du ciel souriant à la terre,

Aux pieds du conquérant foule, enchaîne la guerre,

Et par l'anneau sacré d'un éternel accord :

Au maître du midi, joint le maître du nord :

Sur un frère chéri qu'il croit digne du trône,

Le vainqueur sans orgueil, dépose une couronne,

Et du bandeau royal ceint le prince Saxon ;

De mille autres guerriers il décore le nom,

Prodigue des honneurs pour qui sert la Patrie,

Il offre à la valeur un prix digne d'envie.

Honneur, nom précieux, semence de Héros,

C'est à lui que tu dois des aiguillons nouveaux ;

Toujours des bons Français les cœurs furent tes temples :

Mais quel prince en donna de plus rares exemples ?

Qui sut mieux employer ce noble talisman,

Qui d'un sauvage obscur peut faire un Tamerlan,

Changer en vastes camps les plus superbes villes,

Et peupler Sybaris d'indomptables Achilles ?

De ses actives mains rien ne sort imparfait ;
S'il reste encore à faire, il croit n'avoir rien fait.
Je vois le fier Breton repoussé de l'Europe,
Dans son funeste sort un Prince s'enveloppe :
Pour prix de ses complots, aux confins du Brésil,
Cet ami du trident va régner en exil.
Là, je vois près de nous, par l'âge appesanties,
S'écrouler tout à coup de vieilles dynasties,
Et d'un immense tronc les rameaux protecteurs
Ombrager leur ruine et la couvrir de fleurs.
Mais, ainsi que les Rois, les peuples seront frères ;
Notre langue et nos lois, nos goûts et nos lumières,
Par un commerce heureux, nourriront l'amitié,
Qui du globe unira la plus belle moitié.
O grand NAPOLÉON ! ton édifice immense
Redouterait du temps la sourde violence,
Si de nos arts charmans l'attrait dominateur
Des peuples mutinés ne subjuguait le cœur.
En propageant les arts, propage ton empire,
Les arts de ton amour n'attendent qu'un sourire.
Que dis-je ? de lumière un superbe faisceau
A jailli ; par l'éclat de ce lustre nouveau :
Le grand siècle vaincu s'éclipse ; et la science
De deux âges voisins alonge la distance.
Siècle savant, qui peut mesurer ta grandeur ?
Quand le plus grand des Rois te lance à sa hauteur ;
Quand sa puissante main tout à la fois manie,
Et le sceptre du monde et celui du génie,
Des arts d'Hermès je vois les superbes progrès,
Et des Fourcrois nouveaux en percer les secrets :
Terre, cieux, mers, oiseaux, reptiles, quadrupèdes,
Seront interrogés par d'autres Lacépèdes.
La nature forcée, abaissant son bandeau,

De ses augustes lois déploîra le tableau.
Quelle pompe imposante étale Melpomène !
Quels Dieux majestueux descendent sur la scène !
O grandeur inouïe ! ô miracles brillans,
Par qui sont rassemblés tous les lieux, tous les temps !
Et vous, arts enchanteurs, rivaux de la nature,
De la grandeur d'un Roi vous offrez la peinture.
Il sourit à la fois au burin, au ciseau,
A l'épée, au compas, à la plume, au pinceau.
Grecs, Romains, fûtes-vous ce qu'aujourd'hui nous sommes ?
O ma patrie ! ô sol si fécond en grands hommes !
D'une éternelle paix, le loisir enchanteur
Fait couler dans ton sein le fleuve du bonheur ;
D'artistes renommés peuple la cité mère,
Et rend de nos beaux-arts le monde tributaire ;
Grâce aux soins vigilans du sage Souverain
Sur qui de l'univers repose le destin.
Que deviendraient les arts ? que deviendraient les lettres ?
Si le barbare essaim qui pilla nos ancêtres,
O désastre terrible et souvent annoncé,
Inondait de nouveau le Midi menacé ?
O grand Prince, c'est toi qui dois poser la digue
Où du Nord à jamais doit échouer la ligue.
Ce grand trait te signale à la postérité,
Qui dira : « Des beaux-arts il a bien mérité ».
Par toi sauvés, les arts sauveront ta mémoire,
Leur miroir éternel réfléchira ta gloire ;
Mais en les protégeant, tu veilles sur les mœurs,
De l'Etat tu détruis les ulcères rongeurs.
Deux monstres échappés des gouffres du Tartare,
La banqueroute infâme et l'usure barbare,
Vampires de l'état, fléaux de tes sujets,
Sous la verge des lois expiront leurs forfaits.

Frappant du dernier coup l'avarice usurière,
Une équitable loi brisera la barrière
Qui sépare l'Hébreu du reste des humains :
Pour qui n'a point de droits, quels devoirs seraient saints ?
Aux enfans d'Israël donner une patrie,
C'est semer la vertu dans leur âme flétrie :
Mais de ce grand tableau les traits éblouissans
Ont émoussé ma vue et confondu mes sens ;
Dans mon âme s'éteint le rayon prophétique ;
L'ombre qui m'inspira fuit au séjour antique.

O grand ami de l'homme, image d'un Dieu bon
Que de races un jour doivent bénir ton nom !
Poursuis de tes hauts faits l'étonnante merveille ;
A contempler ton cours l'univers entier veille :
De tes mains il attend le baume de ses maux ;
Enfante son bonheur, enfante son repos.
Des mers frappe, fléchis le superbe pirate ;
Du joug de l'étranger affranchis le Sarmate.
Rends le Scythe au désert, affermis le turban :
Sur l'oppresseur de l'Inde éveille le Persan ;
Monte, vole au sommet des hautes destinées,
Où t'appellent ton nom et tes jeunes années,
Et que ton siècle d'or soit dans l'éternité,
Ce que l'astre du jour est dans l'immensité :
Que, rayonnant de gloire, à jamais tu surnages
Sur les débris flottans dans l'océan des âges ;
Et qu'enfin à jamais fixé sur ses pivots,
L'univers goûte en paix le fruit de tes travaux.

F I N.